٢٢
فاى

JULIEN BERR DE TURIQUE

Devant
La Cheminée

VERS A DIRE

PARIS

PAUL OLLENDORFF, ÉDITEUR
28 *bis*, RUE DE RICHELIEU, 28 *bis*

—

1889

Devant

La Cheminée

JULIEN BERR DE TURIQUE

Devant
La Cheminée

VERS A DIRE

PARIS

PAUL OLLENDORFF, ÉDITEUR

28 *bis*, RUE DE RICHELIEU, 28 *bis*

1889

DEVANT

LA CHEMINÉE

————

LA ROBE DE PERCALINE

A la Saint-Paul, mon grand patron,
(Quel cadeau pour une orpheline!)
Ma marraine me fit le don
D'une robe de percaline.

La nuit j'en rêvai. — Le matin,
Ayant passé ma crinoline,
Je me vêtis, fâcheux destin,
De ma robe de percaline.

1

L'azur était au firmament,
L'or des moissons sur la colline ;
Moi, je n'avais tout simplement
Que ma robe de percaline.

Je partis. Des passants joyeux
A la figure pateline
Me lorgnaient, faisant les doux yeux
A ma robe de percaline.

J'allais ainsi prendre un congé
Chez ma cousine Jacqueline,
Qui fit le discours obligé
Sur ma robe de percaline.

Là, mon rire un peu follement
Jeta sa note cristalline.
Je revins le soir seulement,
Dans ma robe de percaline.

Le ciel qui d'abord était pur,
Se couvrant quand le jour décline,
Du bleu clair passe au gris obscur.
Pauvre robe de percaline !

Le vent commence à se fâcher ;
Sous mon fichu de mousseline
Comment pourrai-je te cacher,
Chère robe de percaline ?

L'eau tombe. — Vers moi je crois voir
Un blond jeune homme qui s'incline,
Ayant tout l'air de s'émouvoir
Pour ma robe de percaline.

Il me dit d'un ton langoureux :
« Hélas ! que n'ai-je une berline
« Pour sauver de ce temps affreux
« Votre robe de percaline.

« Servez-vous de mon en-tout-cas
« Comme on fait d'une capeline ;
« Ainsi vous ne mouillerez pas
« Cette robe de percaline. »

C'était tentant ; mais, quel émoi !
Vais-je oublier la discipline ?
J'ai tort. — Bah ! l'important pour moi...
C'est ma robe de percaline.

D'ailleurs se fait-on des aveux
Sous l'orage qui dégouline
Sur le cou, le front, les cheveux
Et la robe de percaline ?

Sous l'abri soyeux nous causons.
Avec une ruse féline,
Il parle fleurs, rubans, chansons,
Surtout robe de percaline.

On perdrait à moins la raison !
Il me dit d'une voix câline :
« Si vous n'entrez dans ma maison,
« Plus de robe de percaline.

« Chez moi, montez donc un moment. »
J'étais rouge comme une praline !
J'aurais dit non... certainement
..... Sans ma robe de percaline.

Je monte, mais, en vérité,
Cherchant, innocente Pauline,
Pourquoi mon cœur est si porté.....
Vers ma robe de percaline.

. . . .
. . . .
. . . .

Depuis, j'ai connu le velours

1.

Et le satin et la maline.....
Mais je te regrette toujours,
Simple robe de percaline.

C'EST DOMMAGE!

—

L'autre matin sur la grand'route,
Nous nous sommes croisés tous deux.
Vous passiez rêveuse — sans doute
Vous songiez à quelque amoureux.
Au moment de votre passage,
Indifféremment... par hasard,
J'ai jeté sur vous un regard....
Mais j'ai mal vu votre visage...
        C'est dommage !

Avez-vous de jolis cheveux ?
Votre manteau de serge grise
Sert-il une taille bien prise ?

Avez-vous dents blanches, beaux yeux?
Nez mutin? aimable corsage?
Pied mignon et petite main?
J'aurais dû rebrousser chemin
Et vous détailler davantage...
      C'est dommage!

C'est probable... Au bout d'un moment,
Si j'avais suivi votre trace,
J'aurais su, pour rompre la glace,
Vous tourner certain compliment.
Vous auriez souri... C'est l'usage.
Le sourire est l'avant-propos
Qui des regards conduit aux mots...
Nous aurions causé, je le gage...
      C'est dommage!

Discrètement et par degré,
J'aurais su vous laisser entendre
Que mon amour était à prendre,
Pourvu qu'il fût à votre gré.
Vous auriez rougi, je présage...

La rougeur sied à la vertu...
Et vous n'auriez rien répondu...
Mais le silence est un langage...
    C'est dommage!

Peut-être bien aurions-nous pu,
Tant la destinée est étrange,
Sur la route faire l'échange
De nos deux cœurs, à l'impromptu...
Cela va si vite à notre âge...
Un temps clair... Du soleil là-haut...
Du printemps... C'est plus qu'il n'en faut!
La main se tend... La foi s'engage...
    C'est dommage!

L'amour c'est le gouvernement...
Celui qu'on prend à l'improviste
Est souvent celui qui résiste
Et se tient le plus fortement.
Sur un simple marivaudage
Mon cœur à vous se fût donné...
Si vous l'aviez emprisonné,

Il se serait plu dans sa cage...
        C'est dommage!

Qui sait? Le long du grand chemin,
Jusqu'au but dernier où tout cesse,
Aurais-je marché sans tristesse,
Ayant votre main dans ma main?
Pourquoi pas? Un vrai mariage?
Quand c'est l'amour qui nous unit,
Dieu le sait bien et nous bénit...
Nous aurions fait très bon ménage...
        C'est dommage!

Quelques jours après... ô bonheur!
Nous nous rencontrâmes encore,
« Je vous aime... Je vous adore,
« Vous ai-je dit... Prenez mon cœur. »
Non, vous n'aviez pas l'air sauvage...
La victoire, sans me vanter,
Fut très facile à remporter...
Je n'eus pas à faire un long stage..
        C'est dommage!

TEINTURES ET POSTICHES

Je t'ai connue au temps jadis,
Au quartier de l'Observatoire.
Tu perchais haut, dans un taudis,
Au fond d'une cour sale et noire.

Tu faisais cuire pour deux sous,
Des andouillettes sur la braise,
Et tu mangeais sur mes genoux ;
Tu ne possédais qu'une chaise.

S'il m'en souvient bien, en ce temps,
Tes cheveux étaient noirs d'ébène.
Dents très laides — yeux clignotants —
Tes sourcils existaient à peine.

Ta taille que rien ne serrait,
Ne visait pas à la sveltesse.
Et ta poitrine qui... rentrait
Avait des airs pleins de détresse.

Ce matin, en voiture, au bois,
Je t'ai rencontrée, ô ma chère.
Était-ce bien toi? Je le crois;
Mais là... je n'en jurerais guère.

On change vite, je le sais,
Avec les soucis, avec l'âge.
Je te trouve changée assez.
Mais... pas à ton désavantage.

Tes cheveux, bonheur sans égal,
Sont devenus rouge carotte.
Tu dois aimer un radical ;
Les radicaux ont leur marotte.

Ta denture, c'est surprenant,
Autrefois jaunâtre, inégale,
Acquiert, je le vois, maintenant
Une blancheur très... cléricale.

Tes yeux ont doublé de rayon.
Quelle grandeur inopinée !
Tu te sers bien de ton crayon.
— Exposeras-tu cette année?

Et les sourcils ! Plantation
Merveilleuse dont je raffole !
Nouvelle végétation !
—.As-tu le Mérite agricole?

Et ta taille? Bravo! Parfait!
Un fil! La voilà fine, fine,
Presque plus rien. Qu'en as-tu fait?
— Tu l'as mise dans ta poitrine.

TROP BON CŒUR

I

Je l'avoue, oui, je suis très bonne,
Mais bonne, bien plus qu'il ne faut :
La bonté ne nuit à personne.
Mais j'en ai trop, c'est un défaut.

Cette bonté, dès l'âge tendre,
En moi pouvait se découvrir,
Et je sentais mon cœur se fendre
A voir une mouche mourir.

J'avais mes deux sœurs et mon frère
Qui, parfois, me battaient beaucoup.
Je vous ai dit mon caractère :
Jamais je ne rendais un coup.

Devant ce spectacle, ma mère
Me disait parfois : « Mon enfant,
Mets-toi donc un jour en colère ;
Quand on vous bat, on se défend.

Être trop bon, c'est être bête.
Tu te feras moquer de toi. »
— « Chère maman, je le regrette.
Je vous jure, c'est malgré moi.

Cela me désespère.
Que voulez-vous ? c'est un malheur,
Je ne puis rien y faire.
J'ai trop bon cœur ! J'ai trop bon cœur ! »

II

Quand vint cette époque si chère
Où l'on atteint dix-huit printemps,
Pierre et Paul, tous deux, chez mon père,
Causèrent un jour fort longtemps.

Le résultat de la visite
Fut (je l'ai su le lendemain),
Que ces deux messieurs, au plus vite,
Désiraient obtenir ma main.

Il fallait donc que je choisisse
Celui qui charmerait mon cœur.
Hélas! faut-il que j'en rougisse?
Pierre demeura le vainqueur.

2.

Et j'allais rendre ma réponse,
Quand Paul me dit : « Je sais mon sort.
Pour Pierre votre cœur prononce.
Avant demain, je serai mort. »

Quoi! Paul mourra parce qu'il m'aime!
Qu'il vive! Sacrifions-nous.
Je domptai mon amour... quand même,
Et je le pris, lui, comme époux.

    Cela me désespère
Que voulez-vous? c'est un malheur.
    Je ne puis rien y faire.
J'ai trop bon cœur! J'ai trop bon cœur!

III

Pendant deux ans, ce mariage,
S'il ne combla pas tous mes vœux,
M'offrit un calme sans nuage;
Et c'était beaucoup à mes yeux.

Hier, c'était dans la journée,
Justement Paul n'était pas là,
(Jugez si je fus étonnée!)
Tout à coup, un jeune homme entra.

— « Quoi! Pierre! C'est vous! Est-ce un rêve?
— « Non. C'est moi qui vous aime encor,
Et qui depuis deux ans, sans trêve,
Pleure la perte d'un trésor.

Je souffre trop... sans espérance.....
Et je venais vous dire adieu.
...Pourtant... pour guérir ma souffrance...
...Si vous vouliez... il faut si peu...

...Je ne demande... qu'un sourire.
Le reste... ensuite... irait de soi. »
Mon Dieu, Mesdames, que vous dire?
Vous n'auriez pas fait comme moi.

Cela me désespère,
Que voulez-vous? c'est un malheur.
Je ne puis rien y faire.
J'ai trop bon cœur! J'ai trop bon cœur!

STEEPLE-CHASE

CONTE MORAL

La petite Charlotte
Pour son dîner est en retard;
    Et la voilà qui trotte
Et court le long du boulevard.

    Elle marche très fière,
Tête droite et jupon troussé;
    Mais Charles, par derrière,
La suit d'un air très empressé.

Où va-t-elle? Il l'ignore.
Est-ce une fille honnête ou pas?
Bast! qu'importe! il l'adore :
Pour la suivre, il hâte le pas.

Il juge à sa tournure
Qu'elle est bâtie on ne peut mieux ;
Mais quant à sa figure...
Il ne peut voir que... ses cheveux.

Il veut, manœuvre habile,
Marcher vite et passer devant.
C'est chose difficile :
Charlotte court comme le vent.

Aussitôt qu'il se presse,
Charlotte, comme un fait exprès,
Redouble de vitesse,
Sans se laisser serrer de près.

Charles, rempli d'audace,
Au succès mettant son orgueil,
   Va... lui donne la chasse
Et ne la quitte pas de l'œil.

   Charlotte court et vole,
Charles qui veut gagner le prix,
   La poursuit — course folle
Et fantastique dans Paris.

   Ils s'en vont de Courcelle
Jusques à la gare de l'Est,
   Repartent de plus belle
Jusqu'au chemin de fer de l'Ouest,

   Vont jusqu'à la Muette,
Et descendant à l'Odéon,
   Passent par la Villette,
Pour retourner au Panthéon.

Elle est infatigable.
Charles se fatigue à la fin...
    Et la chaleur l'accable.
Son dîner l'attend. Il a faim.

Charles s'arrête. Il doute.
De Charlotte il est amoureux...
    Poursuivra-t-il sa route ?
Diantre ! Il a l'estomac bien creux.

Juste devant lui passe
(Bienfait du ciel !) un omnibus.
    Il y voit une place...
Un bond ! Il est déjà dessus...

Et Charlotte, légère,
Montant dans l'omnibus suivant,
    Retourne chez sa mère...
Honnête comme auparavant.

Ceci prouve qu'en somme,
La femme, en dépit des railleurs,
Est plus forte que l'homme,
A la course... tout comme ailleurs.

LE PETIT OISEAU

Vous avez à votre chapeau
　De paille gris perle
Un ravissant petit oiseau,
　Rossignol ou merle.

Ce volatile aux cent couleurs
　Porte un haut panache;
Son corps dans la soie et les fleurs
　A moitié se cache.

Son plumage jaunâtre et vert
  Tranche sur la paille.
Il a le bec toujours ouvert.
  On croit qu'il piaille.

Il se penche sur le rebord
  De votre coiffure,
Il voudrait prendre son essor,
  Courir l'aventure.

Lorsque vous parcourez les bois
  Et les avenues,
Il entend des sifflets narquois
  Lui tomber des nues.

Ce sont ses frères, les oiseaux,
  Libres de leurs ailes,
Qui se moquent des beaux chapeaux
  Et des demoiselles.

Si, comme l'oiseau, votre amour,
    Né d'hier à peine,
Veut secouer un joug trop lourd
    Dont le poids le gêne ;

Venez frapper un soir d'été
    A ma persienne,
L'oiseau prendra sa liberté
    Et l'amour la sienne.

3.

LES PETITS OIGNONS

I

Un matin, ma mère me dit :
Descends, ma petite Charlotte,
M'acheter en face, à crédit,
Des oignons à deux sous la botte.

Je pars de mon pas cavalier...
A mes côtés, un monsieur trotte,
Me lorgne d'un air familier
Et, sans gêne, tire ma cotte.

« Ah ! Monsieur, dis-je, en l'arrêtant,
Je ne veux pas qu'on m'asticote.
Laissez-moi donc, maman attend
Ses oignons à deux sous la botte. »

II

« Ne fais donc pas le sauvageon,
Ma gentille et fraîche cocote,
Tout près, viens manger du goujon
Et de l'anguille en matelote.

Nous boirons du champagne, enfant,
A nous mettre bien en ribotte.
Personne ne te le défend.
Arrive, si cela te botte. »

— « Ah! Monsieur, dis-je, en l'arrêtant,
Je ne veux pas qu'on m'asticote.
Laissez-moi donc, maman attend
Ses oignons à deux sous la botte. »

III

Il ne se tient pas pour battu.
« Ne fais pas la petite sotte.
C'est bon, j'en conviens, la vertu ;
Mais c'est meilleur, la matelote. »

Malgré cela, je n'ose pas :
Je suis fort troublée et je flotte.
Mais il m'entortille tout bas,
Et dame! il m'emberlificote.

Je prends donc le bras qu'il me tend,
Et... pour vous finir l'anecdote,
...Depuis deux ans, maman attend
Ses oignons à deux sous la botte.

VIENS-T'EN

Le Printemps. — Voici l'hirondelle.
Les oiseaux, sous les bois touffus,
Pour mieux s'aimer sans être vus,
Se sauvent tous à tire-d'aile.
     Viens-t'en !
Nous allons en faire autant.

C'est l'Été. — Les gerbes se dressent.
Et cachés dans un petit coin,
Derrière les meules de foin,

Enfants et filles se caressent.
        Viens-t'en!
Nous allons en faire autant.

L'Automne. — Les feuilles séchées
Forment des tapis moelleux.
Et les amants marchent sur eux,
Bras serrés et têtes penchées.
        Viens-t'en!
Nous allons en faire autant.

Voici l'Hiver. — Plus d'hirondelle,
Et les petits oiseaux frileux,
Pour s'y coucher, blottis à deux,
Gagnent leur nid à tire-d'aile.
        Viens-t'en !
Nous allons en faire autant.

LE

CORSET DE SATIN ROSE

Petit corset de satin rose
Qu'entre mes mains le hasard fou
      Dépose,
D'où viens-tu, pauvret, dis-moi d'où?

Tes couleurs vives sont passées,
Et tes baleines à ressort,
      Cassées,
Se laissent ployer sans effort.

La dentelle qu'un doigt agile
Pour orner tes bords ouvragea,
        S'effile.
La reprise a passé par là.

Toi qui, haut campé sur tes hanches,
Jadis te redressais si bien,
        Tu penches ;
C'est à toi qu'il faut un soutien.

En ta jeunesse, brave et tendre,
Tu savais avec fermeté
        Défendre
La craintive débilité.

Tu savais, plein de vigilance,
Quand l'envahisseur inhumain
        S'élance,
Lui faire rebrousser chemin.

Tu savais, quand hors du corsage,
L'égaré, courant au hasard,
    S'engage,
L'y faire rentrer sans retard.

Recousu sous toutes les faces,
Dépouillé, recoupé, terni,
    Tu passes,
Toujours plus vieux et plus jauni.

Marquise, duchesse, lorette,
Modiste à l'œil toujours baissé,
    Grisette,
Quel sein n'as-tu pas caressé?

Que de portraits, de paysages,
De tableaux fins et délicats,
    D'images,
Tu pourrais nous peindre tout bas?

Mais comme Harpagon, cet avare,
Qui cache à tous yeux son coffret
       D'or rare,
Tu restes muet et discret ;

Et gardes pour toi seul l'empreinte
De ton souvenir opulent,
       De crainte
De le déflorer en parlant.

LE CHIC PARISIEN

Ton front est bas; ton teint noirâtre;
Tes cheveux n'ont rien d'attirant;
Ton nez même est un peu trop grand;
Tes dents sont de couleur jaunâtre.

Ta peau paraît rude à toucher;
Ta taille est carrée et peu fine;
Tu n'as presque pas de poitrine;
De l'œil droit tu sembles loucher.

4.

Au battoir d'une blanchisseuse
Ton pied peut être comparé.
Ta jambe, sous ton bras tiré,
Est de maigreur cadavéreuse.

Ta bouche est forte; quand tu ris,
Tes lèvres larges et vermeilles
S'en vont rejoindre tes oreilles
Et l'on voit cligner tes yeux gris.

Tu sens qu'il est malaisé d'être
Plus laide, enfant, que tu ne l'es.
Eh bien! malgré ça, tu me plais;
Quelque chose en toi me pénètre.

Si tu me demandais pourquoi
Ta laideur m'enchante et m'attire,
Je ne saurais pas te le dire,
Car je l'ignore autant que toi.

A la laideur pourtant, mignonne,
Un charme exquis vient s'allier,
Charme qui la fait oublier
En poétisant ta personne.

Ce charme est un magicien.
Il jette un éclat quand il passe.
Son coin éternel est la grâce
Et son nom : Chic parisien.

EXPLORATION

Depuis trente ans passés que j'existe, j'ai vu
Tout ce que l'on peut voir de pays, parcouru
Des rives, des déserts et des steppes sans nombre;
J'ai vu le pôle Nord que pendant six mois l'ombre
    Enveloppe d'un manteau sombre.

J'ai vu le Musulman, le Russe et le Chinois,
J'ai vu la blonde Anglaise au gracieux minois,
Le Nègre au teint luisant dans l'Afrique centrale,
J'ai vu la Suédoise et la Grecque au teint pâle
    Et la Persane aux yeux d'opale.

J'ai passé le Jourdain, le Tibre et le Volga,
J'ai gravi le mont Blanc, gravi l'Himalaya
Dont la cime élevée est couverte de glace.
Il n'est pas un endroit, pas un coin dans l'espace,
      Où mon pied n'ait marqué sa trace.

J'ai tout vu... sauf un point... charmant, disent tous ceux
Qui sur lui, par hasard, ont pu braquer les yeux.
Il est joli, mignon et d'une rondeur fine,
Adorable en tous sens, d'une blancheur divine,
      Et... sans le voir, on le devine.

Il est à vous, Madame, et tout entier à vous;
Il a fait, je le sais, hélas! plus d'un jaloux.
J'en dirais bien long, mais... votre pudeur réclame
Et j'abrège... Tant pis si votre œil noir me blâme!
      C'est... c'est votre mollet, Madame.

LE SOIR DU MARIAGE

Enfin nous sommes seuls, mignonne,
Seuls! Causons, si tu le veux bien.
Jusqu'à demain matin personne
Ne troublera notre entretien.

Nous sommes mariés, ma chère :
Mariage est un nom bien doux;
Mais je doute fort que ta mère
T'ait dit ce que c'est qu'un époux.

Un époux, tu le sais peut-être,
C'est plus qu'un frère assurément,
C'est un esclave, c'est un maître,
Qui tient du père et de l'amant.

Il faut aimer pour qu'on vous aime;
Aime-le donc d'un fol amour,
Dis-le-lui parfois, souvent même,
Et le soir plutôt que le jour.

Femme et mari, chose étonnante,
Bien qu'étant deux ne font plus qu'un :
Joie immense, douleur poignante,
Tout est mêlé, tout est commun.

Il est aussi certaine tâche
Que le mariage prescrit,
Et qu'à bien accomplir s'attache
Celui qu'on appelle un mari.

L'épouse n'est pas étrangère
A cette tâche. Elle y concourt;
Et c'est pourquoi, ma douce chère,
Je veux t'apprendre sans détour

Un petit secret qui, sans doute,
Fera baisser les jolis yeux.
Baisse-les. Rougis. Mais écoute
Et comprends-moi, si tu le peux.

LA NOUVELLE

MARCHANDE D'AMOURS

Je vends des amours pour jeunesse,
Simples, tous nus, et sans atours.
J'en vends de fardés pour vieillesse...
Je suis la marchande d'amours.

Je vends des amours blonds et roses,
J'en vends des bruns, j'en vends des roux,
Des souriants et des moroses,
Des complaisants et des jaloux.

J'en vends pour hommes politiques,
Parlant beaucoup, agissant peu;
J'en vends pour poètes lyriques,
Enthousiastes, pleins de feu.

J'ai des amours de toutes sortes,
Pour cavaliers, pour fantassins,
Pour esprits faibles, âmes fortes,
J'en ai même pour assassins.

Prenez, selon votre nature,
Allons!... choisissez à l'envi...
Ils sont solides, je vous jure...
Car ils ont tous déjà servi.

LE BAIN DE MER

Puisque votre époux m'autorise,
Madame, à vous faire nager,
Nageons. Le temps nous favorise,
La mer est calme et sans danger.

Ne soyez pas ainsi craintive;
Lancez-vous courageusement;
Et surtout soyez attentive
A suivre mon commandement.

3.

Jetez les jambes en arrière
Et portez les bras en avant.
Allongez-vous bien tout entière,
Et marchez droit contre le vent.

Fort bien... Allez un peu moins vite.
Cette vague avance vers nous...
En baissant la tête, on l'évite ;
Plongeons donc, pour passer dessous.

Une vague à l'autre succède
Par un continuel effort ;
Plongeons! Plongeons! Il faut qu'on cède
Lorsque l'on n'est pas le plus fort.

Veuillez me pardonner, Madame,
Si mes lèvres ont caressé
Vos lèvres sous l'eau ; c'est la lame
Qui, bien malgré moi, m'a poussé.

Oh! le flot nous livre bataille,
Il gronde avec méchanceté...
Laissez-moi vous prendre la taille
Pour plus grande sécurité.

L'eau monte et retombe en cadence :
Nous nous en moquons, n'est-ce pas?
Seulement... pour plus de prudence
Entourez mon cou de vos bras.

L'eau nous submerge et nous domine.
Pour éviter de... boire un coup
Que votre lèvre purpurine
Aille se cacher dans mon cou.

Nous nous noyons si je m'arrête.
La force qu'il me faut ici,
Votre doux contact me la prête;
Serrez-moi fort. — C'est bien ainsi.

Là, voyez, vers le bord je nage,
Nous arrivons dans un instant;
Votre mari sur le rivage
Nous suit d'un regard persistant.

Le flot se tait. Sa fureur passe.
Évitons le moindre soupçon.
Adieu. — Demain, à la mer basse,
Nous reprendrons notre leçon.

PSCHUTT ET V'LAN

Jean a des souliers à la mode,
Un grand chapeau, un court veston,
Un col très haut — pas très commode —
Mais comme il faut et de bon ton.
   Jean est v'lan, dit-on.

Jeanne a des robes élégantes,
Des corsages à fin feston,
Des chapeaux à plumes voyantes,
Des frisures... en mirliton,
   Jeanne est pschutt, dit-on.

Jean trouve à Jeanne de la grâce,
Un esprit charmant et subtil.
Elle est blonde, juste assez grasse.
On l'imite, quoi qu'elle fasse.
    Jeanne est v'lan, dit-il.

Jeanne, avec ses yeux de gazelle,
A lorgné Jean depuis longtemps.
Du chic complet c'est le modèle ;
On le copie à tous instants.
    Jean est pschutt, dit-elle.

Jean a trente ans du mois d'avril ;
Marions-le, dit sa famille.
On lui cherche une jeune fille.
Veux-tu Jeanne? Elle est fort gentille.
    « V'lan, ça va, » dit-il.

Jeanne a dix-neuf ans. Elle est belle,
Et les prétendants sont nombreux...
On se présente en ribambelle...
« Jean est de toi très amoureux... »
    — « Pschutt, plus bas, » dit-elle.

Noce fixée. Un marmiton
Fut mandé pour la circonstance.
Les invités firent bombance.
On contenta le plus glouton.
  Pschutt et v'lan, dit-on.

VOYAGE

I

J'ai bouclé mon sac au printemps.
Le printemps nouveau vient d'éclore.
Je suis parti depuis longtemps
Et mon voyage dure encore.

Tu pleurais au jour des adieux,
Ta joue à la mienne collée,
Et ma lèvre, en séchant tes yeux,
Buvait tes pleurs, source perlée.

6

Je pleurais aussi, mais pourtant
Maîtrisant une douleur folle :
« Il faut chercher, dis-je, en partant,
Quelqu'un qui de moi te console.

On trouve quand on cherche bien.
C'est malsain de faire un long jeûne.
Le neuf fait oublier l'ancien.
L'amour vieux cède à l'amour jeune. »

Tu m'arrêtas dans mon discours :
« Tais-toi, tais-toi, c'est un blasphème,
Je suis à toi seul pour toujours :
Je t'aime, scandas-tu, je t'aime. »

J'ai bouclé mon sac au printemps.
Le printemps nouveau vient d'éclore.
Je suis parti depuis longtemps
Et mon voyage dure encore.

II

Certes, je ne suis pas jaloux,
Ni jaloux à grande distance,
Et je trouve qu'ils sont bien fous
Les gens qui croient à la constance.

Je ne me serais pas froissé
D'une déchirure légère
Au contrat entre nous passé,
Liaison courte et passagère.

Je me disais bien qu'autre part
Tu chercherais à te distraire :
La France n'est pas Malabar.
Le plaisir nous est nécessaire.

J'aurais compris qu'un faible amour,
Peut-être deux... l'un après l'autre,
T'occupât un temps jusqu'au jour
Où nous reprendrions le nôtre.

Et je comptais, tout plein d'espoir,
Les jours à la marche trop lente,
Chantant, avant de te revoir,
Cette strophe plus consolante :

J'ai bouclé mon sac au printemps.
Le printemps nouveau vient d'éclore.
Je n'en ai plus pour bien longtemps,
Pour quelques jours à peine encore.

III

J'arrive haletant, éperdu,
Et ma passion comprimée
Va réparer le temps perdu
Entre tes bras, ma bien-aimée.

Amour vendu, serments trahis,
Je veux passer sur toute faute.
Dans le long roman que je vis,
C'est un chapitre que je saute.

Aimons-nous et pardonnons-nous.
L'amour appelle la clémence.
J'ai tout oublié. Je t'absous,
Et que notre amour recommence.

6.

— Cher Monsieur, je suis, croyez-moi,
Bien aise de votre visite,
Mais j'étais fort seule et, ma foi,
Les tentations viennent vite.

Mon cœur n'a qu'un compartiment
Et je veux demeurer fidèle
A Monsieur Charles, mon amant.
— C'est juste, adieu, Mademoiselle.

J'ai bouclé mon sac au printemps.
Le printemps nouveau vient d'éclore.
Je suis parti depuis longtemps
Et mon voyage dure encore.

PROMENADE

AUTOUR DE TA CHAMBRE

A quoi bon sortir? Dans les bois
Siffle la bise de décembre.
Les jours sont courts, les vents sont froids.
Promenons-nous dans notre chambre.

Tes rideaux bleus, à points brodés,
Sont de couleur plus chatoyante
Que les grands arbres, dénudés,
De la forêt avoisinante.

Ton large tapis de Damas,
Souple et d'étoffe bien fournie,
Est plus moelleux sous nos pas
Que la feuille sèche et jaunie.

Ton feu pétille, ardent, vermeil,
Détachant une flamme claire,
Tandis que là-haut, le soleil
A des pâleurs de poitrinaire.

Je préfère à ces fleurs des bois
Dont l'hiver gèle le calice,
Les roses thé que tu reçois
Et qui viennent tout droit de Nice.

Je préfère à l'eau que l'on boit,
A la source, dans sa main creuse,
De l'anisette et voire un doigt
De vieux kummel ou de chartreuse.

Et je préfère au lit rugueux
Des branches dures sur les mousses
Le grand fauteuil où tous les deux
Nous passons des heures si douces.

A quoi bon sortir? Dans les bois
Siffle la bise de décembre.
Les jours sont courts, les vents sont froids.
Promenons-nous dans notre chambre.

IMMORALE DÉCLARATION

Faut-il que je vous complimente?
Vous êtes jolie et charmante
Et je vous ai dit bien des fois
De quel œil tendre je vous vois.
Mais... un conseil plein de sagesse...
L'éclat, la fraîcheur, la jeunesse
Triplent le prix d'un doux aveu...
Avant que votre teint se fane,
   Dépêchez-vous, Suzanne,
    De m'aimer un peu.

Princes, banquiers millionnaires,
Ducs et plénipotentiaires
Vous ont promis aimablement
Chevaux, bijoux, ameublement
Et crédit chez la couturière.
Prenez le plus offrant, ma chère...
Mais avant que sa lèvre en feu
N'ait signé le contrat profane,
    Dépêchez-vous, Suzanne,
    De m'aimer un peu.

Devant une foule idolâtre,
Vous voulez briller au théâtre...
Le talent fait des envieux
Qui dénigrent à qui mieux mieux...
Voulez-vous contre la critique
Un claqueur toujours fanatique
Qui s'intéresse à votre jeu?
Laissant vos grands airs de Diane,
    Dépêchez-vous, Suzanne,
    De m'aimer un peu.

Un dernier couplet au poème :
« L'amour est enfant de bohème... »
Je me livre à votre merci.
Plus tard en sera-t-il ainsi?
Qui sait si la saison prochaine
J'offrirai mes bras à la chaîne...?
Saisissez donc par son cheveu
L'occasion qui tend le crâne...
   Dépêchez-vous, Suzanne,
   De m'aimer un peu.

CONSEILS IMMORAUX

Tu te désoles; tu te crois
D'une laideur épouvantable
Parce que des messieurs bien mis
Ne se sont pas encor permis,
Dans un coupé très confortable,
De t'emmener le soir au bois.

Tu jalouses les camarades,
Qui, revenant de l'atelier,
Trouvent au coin de chaque rue

Un troupeau d'hommes qui se rue,
Et d'un ton plus que familier,
Leur propose des promenades.

Tu te dis : « Non, je ne plais pas,
« On me dédaigne, on me méprise,
« Et chaque soir sur mon chemin,
« Je marche sans qu'un pas humain,
« Résonnant sur l'asphalte grise,
« Ne se presse en suivant mon pas.

« Dieu donne à d'autres cette grâce
« De savoir prendre tous les cœurs.
« On les supplie, on les tourmente,
« On les flatte, on les complimente,
« On leur dit cent mille douceurs...
« On ne me dit rien quand je passe...

« Je suis laide probablement,
« Très laide ; il faut que je le croie,
« Puisqu'on ne m'offre jamais rien.

« ... Pourtant d'autres que je vaux bien
« Ont des robes d'or et de soie
« Et des colliers de diamant.

« Ainsi je suis donc condamnée
« A demeurer sage. — Et jamais
« Quelque monsieur sur mon passage
« En apercevant mon visage
« Ne me dira que je lui plais,
« Par une phrase bien tournée.

« Est-il vrai qu'on puisse vieillir
« Sans connaître ces douces fièvres
« Et ces doux transports de l'amour ?
« Parviendrai-je à mon dernier jour
« Avec les baisers qu'à mes lèvres
« On n'aura pas voulu cueillir ?

« J'ai pris conseil de mes aînées :
« Dites-moi par quel étonnant,
« Par quel curieux sortilège

7.

« Vous vous formez tous un cortège
« D'amoureux vous accompagnant
« De leurs demandes obstinées.

« Oh! par pitié, dites-moi d'où
« Vous tirez ce philtre efficace
« Qui force ainsi tous les regards,
« Et jette, sur les boulevards,
« Tous les passants sur votre trace,
« Comme une meute après un loup. »

C'est moi qui te réponds, nigaude :
« L'art de plaire ne s'apprend pas;
« Mais quand on veut que le poisson
« Vienne mordre à votre hameçon,
« A sa ligne on met des appâts...
« Ou bien on fait semblant... on fraude...

« Porte un pied toujours bien chaussé,
« Fais emplette d'une tournure,
« Mets du noir autour de tes yeux,

« De la teinture à tes cheveux,
« Plaque du blanc sur ta figure
« Et garnis un peu ton corset. »

LE BILLET BLEU

Quel est ce billet bleu foncé
Que tout à l'heure ma portière
Dans la main gauche m'a glissé,
En souriant avec mystère?

Ma portière sourit fort peu;
Elle a souri, divin présage!
Parions que ce billet bleu
Va m'annoncer un héritage.

Héritage, non, c'est douteux.
Cette lettre pliée en quatre
Doit venir d'un cœur amoureux
Que mon physique aura fait battre ;

D'une fillette de vingt ans
Qui m'aura vu sur son passage
Et sans doute a trouvé tentants
Et ma prestance et mon visage ;

D'une grisette aux yeux fripons
Que le bal de Bullier ennuie
Et qui voudrait passer les ponts
Pour souper en ma compagnie ;

D'une épouse au cœur chaleureux
Qu'un époux faible désespère,
Et qui veut bien me rendre heureux
Afin de mieux le rendre père.

Enfin lisons donc ce papier,
Ce papier de si bon augure.
C'est... nom d'un nom ! c'est mon bottier
Qui m'envoie encor sa facture.

LE CHIEN DE JEAN DE NIVELLE

L'amour s'en va quand on l'appelle :
Dès qu'on n'en veut plus, il accourt.
Étrange animal que l'amour !
C'est le chien de Jean de Nivelle.

Elle était brune, et je l'aimais,
Un beau jour, j'osai le lui dire.
J'espérais voir poindre un sourire ;
Mais j'entendis ce mot : *Jamais*.

8

Deux ans passent. J'aime une blonde,
Mais ma brune a changé d'avis.
Je t'aime, dit-elle... « Ah! tant pis,
« Tu ne viens plus que la seconde. »

— « Mais cette femme que ton cœur
« En ce moment-ci me préfère
« Ne t'aime pas. » — « C'est vrai, ma chère,
« Mais je l'aime pour mon malheur.

« Et peut-être, si la coquette
« Plus tard me donne son amour,
« Qu'aussitôt le mien, à son tour,
« Prendra la poudre d'escampette.

« C'est un bien grand fou que l'amour!
« C'est le chien de Jean de Nivelle.
« Il se sauve dès qu'on l'appelle :
« Quand on n'en veut plus, il accourt.

TENTATION

Les épaules de ma voisine
Sont un marbre antique sculpté.
Leur contour gracieux dessine
Une courbe élégante et fine
Dont Phidias se fût vanté.

Aux épaules, écrin splendide,
S'attache un cou, joyau divin,
Et les cygnes au cours rapide
Qui glissent sur l'onde limpide
Avec lui lutteraient en vain.

Dans les bals dont elle est la reine,
J'ai souvent eu le désir fou,
Pendant la valse qui l'entraîne,
D'approcher ma brûlante haleine
De son épaule et de son cou.

Mais... est-ce respect, est-ce crainte ?
Jamais mes lèvres n'ont osé,
Pendant une amoureuse étreinte,
Marquer une timide empreinte
Sur l'albâtre pur et rosé.

CHEZ L'ANTIQUAIRE

Pourquoi ces airs tristes, mignonne ?
Pourquoi ce sourcil contracté ?
A toi que le luxe environne
Que manque-t-il, en vérité ?

Ton sourire, c'est mon envie ;
Mon châtiment, c'est ta douleur.
Je damnerai mon autre vie
Pour t'épargner le moindre pleur.

8.

Je mets à tes pieds, sans murmures,
Mes objets d'art, mes vieux tableaux,
Mes vieux plats, mes vieilles armures,
Mes pierres fines, mes joyaux.

Brise mes dalles de porphyre,
Casse mes larges hanaps d'or ;
Mais souris : je veux ton sourire,
Car c'est là mon plus beau trésor.

Une idée ? Un peu de musique
Calmera ton ennui malsain...
Si je jouais un air antique
Sur mon antique clavecin ?

As-tu soif ? Sers-toi, pour mieux boire,
De cette amphore au ventre rond.
Elle passa, nous dit l'histoire,
Des mains de Poppée à Néron.

As-tu faim? Étends, en Romaine,
Ton corps sur ce triclinium
Que j'ai trouvé, par phénomène,
Presque intact dans Herculanum.

Veux-tu de l'or? Fi des avares!
Puise en mon coffre à pleines mains.
Prends toutes mes médailles rares,
Des Grecs, des Goths et des Germains.

Veux-tu jouer? Jouons aux dames.
Louis Douze et François Premier
Ont bien souvent avec leurs femmes
Joué le soir sur mon damier.

Veux-tu lire? Eh bien, ma chérie,
Déroule ce vieux papyrus
Qu'on a sauvé d'Alexandrie
Et qu'avait possédé Pyrrhus.

Veux-tu sortir? Ma haquenée
T'attend en bas dans le préau,
Sellée et caparaçonnée
Comme la jument d'Isabeau.

Veux-tu dormir, ma bien-aimée?
Sur ce lion étends ton corps :
C'est celui qu'Hercule, à Némée,
Étrangla de ses bras si forts.

Oh! dis-moi ce que tu désires...
Tes yeux sont humides encor...
Souris... Pour un de tes sourires,
Je mets à tes pieds un trésor.

Souris... Dis-moi de folles choses...
Exige — souhaits sans pareils —
Que j'aille au ciel cueillir des roses
Et dans mon jardin des soleils!

— Je veux, dit-elle — et sur sa bouche
Errait un sourire joyeux, —
Que nous prenions le bateau-mouche,
Pour dîner à Meudon, tous deux.

PENDANT LE BAL

A nous pourquoi veux-tu qu'on pense ?
Dans le boudoir mauve à côté,
Ton mari joue à l'écarté,
Et dans le grand salon on danse.

Nous sommes dans un petit coin
Où pas une âme ne pénètre,
Tout près de ton seigneur et maître
Qui, lui, nous croit beaucoup plus loin.

Laisse-moi donc, ô ma mignonne,
Te dire tout naïvement
Que je t'aime plus tendrement
Que jamais ne t'aima personne,

Et que ton vieux mari jaloux,
Pour qui déjà l'hiver commence,
N'est digne d'aucune clémence :
Ainsi, chérie, embrassons-nous.

Ne me dis pas que la morale
Est contraire à mes sentiments.
Il se moque des sacrements
Le souffle que l'amour exhale !

Ce n'est qu'une convention
Ce mot si terrible : Adultère.
Quand elle agit... avec mystère,
On pardonne à la passion.

Quand le monde voit une femme
Faire deux ou trois petits trous
Dans le contrat d'un vieux jaloux,
C'est bien rare quand il la blâme.

J'ai donc la raison avec moi,
Sois-en sûre, ma chère idole.
Mets ta tête sur mon épaule;
Sois charitable, penche-toi.

Arrive près, plus près encore,
Mets ta belle main dans ma main
Et dis-moi quand tu veux... demain,
Que ma vie entière se dore.

INVITATION A LA VALSE

Voulez-vous pas, Mademoiselle,
Pour la valse prendre mon bras?
Entendez-vous la ritournelle,
Les danseurs esquissent leurs pas...

Allons! La musique entraînante
Tous les deux nous emportera
Et votre tête nonchalante
Sur mon épaule tombera.

Si d'un tournoiement trop rapide
Vous craignez le désagrément,
Dans un balancement timide
Nous nous bercerons mollement,

Et si, chose encore possible,
Vous préférez ne pas danser,
Montrez une âme un peu sensible,
Avec vous laissez-moi causer.

Permettez-moi de prendre place
Sur ce fauteuil, tout près de vous ;
Là, fort bien, nous sommes en face,
Bavardons et dépêchons-nous.

Nous pouvons parler de la pluie...
De l'humidité... du beau temps...
Si ce sujet-là vous ennuie,
Changeons et parlons du printemps.

C'est usé... Voyons, autre chose...
Parlons un peu... de l'amitié.
Pourquoi ce petit air morose
Et ce sourire de pitié?

Vous ne paraissez pas contente ;
L'amitié, c'est pourtant bien beau !
Oui, je comprends... ce qui vous tente
C'est quelque chose... de nouveau.

Du nouveau, pour la jeune fille
Il en existe assurément,
Au couvent et dans la famille
On en parle bien rarement.

On le connaît sans le connaître :
Son nom est plus doux que le miel,
Et quand chez nous il vient à naître,
C'est par une faveur du ciel.

9.

Aussitôt que son trait s'apprête
A transpercer nos pauvres cœurs...
Mais, hélas! l'orchestre s'arrête,
Déjà reviennent les danseurs.

Si vous voulez, Mademoiselle,
Pour la polka prendre mon bras,
Pendant qu'ira la ritournelle
Nous causerons encor, tout bas.

UN DÉBUT

I

Je venais d'avoir dix-sept ans :
 Mon innocence était extrême.
C'était la saison du printemps ;
Je venais d'avoir dix-sept ans.
Sans connaître ces doux instants
Où deux amants disent : « Je t'aime. »
Je venais d'avoir dix-sept ans,
 Mon innocence était extrême.

II

Mon cœur point encor ne battait,
Je trouvais au mieux toutes choses.
J'étais heureux; peu m'importait
De savoir si mon cœur battait.
J'ignorais si l'enfant sortait
Des choux, des navets ou des roses.
Mon cœur point encor ne battait,
Je trouvais au mieux toutes choses.

III

J'étais en congé justement.
Ma mère avait une soubrette.
— Teint nacré, visage charmant. —
J'étais en congé justement.

En ma présence constamment
Elle rougissait, la fillette..
J'étais en congé justement.
Ma mère avait une soubrette...

IV

Maman me laissa seul en bas,
Un jour, terminant ma toilette.
Pour aller faire des achats,
Maman me laissa seul en bas.
Raccommodant, je crois, des bas,
En haut se tenait la soubrette.
Maman me laissa seul en bas,
Un jour, terminant ma toilette.

V

Ce jour, je m'étais pomponné
Avec la suprême élégance,
Lorsque je vis, tout étonné,
Après m'être bien pomponné,
Que mon gilet déboutonné
Manquait à toute bienséance.
Ce jour, je m'étais pomponné
Avec   suprême élégance.

VI

Qu'auriez-vous fait, en vérité,
Messieurs, en pareille infortune?
Si votre bouton eût sauté,
Qu'auriez-vous fait, en vérité?

Vers la bonne je suis monté,
Sans hésitation aucune.
Qu'auriez-vous fait, en vérité,
Messieurs, en pareille infortune?

VII

Elle sourit ingénument
Et baisse ses yeux vers la terre :
C'était un spectacle charmant.
Elle sourit ingénument.
Je lui raconte simplement
Ce qui m'amène, sans mystère.
Elle sourit ingénument
Et baisse ses yeux vers la terre.

VIII

Ravissante à croquer, ma foi,
Ensuite elle se met à rire.
J'étais rempli d'un doux émoi.
Elle était à croquer, ma foi.
Elle vient près, tout près de moi,
Et coud le bouton sans rien dire.
Ravissante à croquer, ma foi,
Alors elle se met à rire.

IX

Sa lèvre rose et son cou nu
Effleuraient de près mon visage.
Jamais, jamais, je n'avais vu
Lèvre si rose et cou si nu :

Je sentais poindre l'inconnu
En plongeant au haut du corsage.
Sa lèvre rose et son cou nu
Effleuraient de près mon visage.

X

Je dépose un furtif baiser
Sur le cou délicat et tendre.
Innocemment, sans y penser,
Je dépose un furtif baiser,
Puis deux, puis trois, sans me lasser.
Pris d'un mal que je ne peux rendre,
Je dépose un furtif baiser
Sur le cou délicat et tendre.

XI

Comme je restais interdit,
Craignant de l'avoir offensée,
Tout aussitôt, elle me dit,
Comme je restais interdit :
« Tiens. » Puis elle me les rendit.
Ce fut une joie insensée!
Moi qui restais tout interdit,
Craignant de l'avoir offensée !

XII

Ainsi ce fut là mon début;
A la beauté, dans ma carrière,
J'ai souvent payé mon tribut...
Mais voici quel fut mon début.

Aujourd'hui, vieux, voisin du but,
Je renonce à ces faits de guerre...
Mais j'aime à penser au début
Par lequel s'ouvrit ma carrière.

UN BILLET

Ce billet! Ce billet! Il me brûle les doigts!
J'en ai comme un frisson; et déjà par trois fois,
Ce matin, j'ai voulu le jeter sans le lire.
Mais la tentation est trop forte. — Il m'attire.
Depuis hier au soir, il est là, tout au fond
De ma poche... caché; j'ai peur de ce chiffon
De papier. Il me trouble; il m'émeut; il m'agite;
A le toucher, je sens mon cœur qui bat plus vite.
Ils ne sont donc, hélas! que trop vrais, ces romans
Où l'on voit, au milieu des danses, les amants

10.

Glisser furtivement aux pauvres jeunes filles
Des lettres qui mettront l'effroi dans les familles!
Monsieur de Montépin, dans le *Petit Journal*,
Parle de billets doux échangés dans le bal,
De serments murmurés pendant la polka lente
(Je lis ça quelquefois, quand maman est absente).
Mais jamais, non, jamais, je n'aurais supposé
Qu'avec moi-même un homme insolent eût osé
Agir ainsi.
        J'étais allée avec ma mère
Et mon père, hier au bal. — Toilette printanière
Rose tendre, — jupon court, — corsage échancré
Devant, légèrement, en forme de carré, —
Robe à tout petits plis, — ma coiffure ordinaire :
Sur la tête un gros huit, — gants de peau couleur claire,
Souliers de satin rose, — une fleur aux cheveux,
Une fleur au corsage, — et l'air tout radieux!
J'adore tant le bal! — C'est une chose exquise.
On y respire un air parfumé qui vous grise;
Et quand on est bien mise, et qu'on a le bonheur
D'avoir quelque beauté jointe à quelque fraîcheur,
Quand on ne paraît pas bête, ni trop farouche,

Quand on grave un sourire aimable sur sa bouche,
On voit tous les regards des jeunes et des vieux
Se diriger vers vous, fixes et curieux.
Pour la souple polka, pour la valse rapide,
Ils arrivent à vous, courbés et l'air timide.
— Puis-je compter sur vous pour ce quadrille-ci?
— On me l'a retenu. — L'autre alors? — L'autre aussi.

J'avais dansé trois fois avec certain jeune homme,
Ni trop bien; ni trop mal, mais agréable, en somme.
Et nous avions parlé : concerts, concerts vocaux,
Musique instrumentale, instruments spéciaux,
Instruments pour concerts privés, fêtes publiques,
Pianos, pianos droits, demi-queue, obliques,
De luths, de violons et d'instruments à vent.
Sur ces sujets divers il semblait fort savant.
Il me reconduisit ensuite vers ma mère.
Je ne le revis plus de la soirée entière.
Plus tard, au vestiaire, à l'heure du départ,
Au moment où chacun, se poussant au hasard,
Se presse pour trouver son châle ou sa sortie

Do bal, il me sembla sentir la main hardie
D'un homme s'emparer doucement de ma main,
Y glisser un billet! — « Vous lirez ça demain,
Chez vous. » Puis, ce fut tout. — L'émotion, la crainte,
Marquèrent sur mes traits une visible empreinte.
— Qu'avez-vous? Vous souffrez? d'où vient cette pâleur?
— Ce n'est rien; la fatigue... et la forte chaleur...
Descendons... le grand air...

On me mit en voiture.
Le vent froid de la nuit, qui fouetta ma figure,
Me ranima bien vite... et je revins à moi.

Le voilà, ce billet qui me glace d'effroi!
Il est bleu, bien plié, coquet... il semble aimable!
On dirait qu'il me fait risette. — Ah! misérable!
Pourtant, si c'était vrai? S'il m'aimait franchement?
Ma robe ne m'allait pas mal du tout, vraiment.
J'étais, on me l'a dit, fort à mon avantage.
Si ça devait finir par un vrai mariage?
S'il me demandait, là, mon cœur, et que, ma main,
Il s'en vint à maman la demander demain?...

Ce moyen semble un peu d'un héros romantique.
Quelques prudes pourraient en faire la critique,
Mais l'amour sent parfois le besoin d'un piment.
Il est bon qu'un mari se double d'un amant.
Et l'amour qu'on voit naître avant le mariage
Est parfois le garant d'un excellent ménage...
C'est, du moins, ce qu'on dit dans le *Petit Journal.*

On voit des passions éclore dans un bal.
Un homme soudain tombe amoureux d'une femme.
Il la voit. Ça suffit. Il est tout feu, tout flamme!
Dans la nuit de son âme un astre clair a lui.
Sa pensée et son cœur, il n'a plus rien à lui.
Il était gai, rieur. Il est triste, il est grave.
De libre qu'il était, il devient un esclave;
Et s'il cherche l'oubli pour son mal, vain effort!
Il ne le peut souvent trouver que dans la mort.
S'il me disait qu'il m'aime, et d'un amour suprême,
Et que, désespérant d'être aimé comme il aime,
Il va se tuer! — Ciel! Non! ne vous tuez pas!
Ah! mon Dieu! que l'amour vous cause de tracas

Et de trouble, quand on n'en a pas l'habitude!
C'est un art qui demande une fort longue étude;
Et nous sommes souvent prises au dépourvu,
Quand il vient tout à coup et sans être attendu.

S'il voulait m'enlever, ce soir? Qui sait? Peut-être!
Un rendez-vous! On peut sauter par la fenêtre.
Elle est basse. Je tombe en les bras qu'il me tend.
Personne ne m'a vue. Une voiture attend.
Nous montons vivement.—Nous filons ventre à terre.
— En wagon! — Et, demain, je suis en Angleterre.
Là, nous allons trouver aussitôt un pasteur,
Et nous sommes unis tous deux... à la vapeur.
Ce doit être amusant, mais c'est un peu rapide.

C'est peut-être un garçon amoureux et timide,
Qui m'adresse ses vers. Oh! les vers, j'aime ça!
C'est cadencé, rythmé... Tra... la... la... Tra... la... la...
Les vers frappent l'esprit, se gravent dans la tête.
Pouvoir se faire aimer, aimer par un poète!

L'espoir, il est vrai, nous soulage,
Et nous berce un temps notre ennui.
Mais, Philis, le triste avantage,
Lorsque rien ne marche après lui!

Bienheureuse Philis!

Chante-t-il ma beauté,
Mes traits fins, délicats, et mon teint velouté?
Parle-t-il de ma robe à plis, de ma coiffure?
Trouve-t-il qu'elle sied assez à ma figure?
Que dit-il de ma main, de mon pied, de mes dents?
Dépeint-il son amour en des termes ardents?

Tant pis, si je fais mal! Tant pis!... je le regrette.
Mais j'ouvre ce billet. Une force secrète
M'y pousse malgré moi... Je n'y puis résister,
Et, puisque je suis seule, il faut en profiter.

Il est bien, ce jeune homme. Il m'aime. Ah! que je tremble!
Pourtant, si nous allions nous marier ensemble?
C'est étrange, vraiment, comme l'amour nous vient...

On danse, on rit, on cause, on ne s'attend à rien;
Tout à coup, vous sentez un philtre qui pénètre
En vous, tout doucement, envahissant votre être,
Philtre délicieux et cruel tour à tour,
Qu'on bénit, qu'on maudit...Ce philtre, c'est l'amour,
Ouvrons!

(Lisant:)

« *Mademoiselle,*

« *Permettez-moi de recommander tout particulière-*
ment ma maison à votre bienveillance.

« FILOUPIN,
- Facteur de pianos.

Un prospectus!
Déception affreuse!
O folle illusion! — J'allais être amoureuse!

TABLE DES MATIÈRES

Paris. — Typ. G. Chamerot, 19, rue des Saints-Pères. — 21319.

LIBRAIRIE PAUL OLLENDORFF

28 bis, rue de Richelieu, PARIS

ADAM (P.-E.). — **Par les bois**, poésies, notes intimes, études et paysages. 1 vol. grand in-18 . . . . 3 »

AICARD (Jean). — **La Comédie française à Alexandre Dumas**, à-propos en vers dit à la Comédie française par M. Delaunay, le jour de l'inauguration de la statue d'Alexandre Dumas sur la place Malesherbes. In-16. » 50
Quelques exemplaires numérotés sur papier de Hollande, 3 fr.

AICARD (Jean). — **Le Dieu dans l'Homme**, 1 vol. grand in-18. . . . 3 50

AICARD (Jean). — **Lamartine**, poème, premier prix du Concours de poésie de l'Académie française, lu par l'auteur dans la séance publique annuelle de l'Académie française, le 15 novembre 1883. In-16. . . . . 1 »
Quelques exemplaires sur papier de Hollande, 3 fr.

AICARD (Jean). — **Miette et Noré**. 1 vol. grand in-18. . . . . 3 50

AICARD (Jean). — **Au Bord du Désert**. 1 vol. grand in-18. . . . . . 3 50

ALEXANDRE (André). — **Le Sonneur de Biniou**. — **Rêveries et Chansons**. 1 vol. in-18. . . . . 3 »

BALLOT (Marcel). — **A Lamartine**, poésie couronnée par l'Académie française. In-18, papier teinté. . . . . 1 »

BERTHEROY (Jean). — **Vibrations**, poésies. 1 vol. in-18 . . . . . . 3 50

BOYER (Georges). — **Hérode**, poème lyrique, musique de William Chaumet, ouvrage couronné par l'Institut (concours Rossini, 1883). In-18. . . . . 1 »

BOYER (Georges). — **Paroles sans musique** avec une lettre d'Auguste Vitu. 1 vol. grand in-18 . . . . 3 50

CHAUVIGNY (Louis de). — **Amours défunts**. 3 50

CHAUVIGNY (Louis de). — **Sac au dos**, poésies. 1 volume in-18, papier teinté 3 50

DELAIR (Paul). — **Les Contes d'à-présent**, avec une lettre de Coquelin aîné de la Comédie française, sur la *Poésie dite en public et l'Art de la dire*. Nouvelle édition revue et augmentée. 1 vol. grand in-18 . . . . 3 50
Quelques exemplaires sur papier de Hollande. 3 fr.
— — — de Chine. . . 12 fr.

DELPIT (Albert). — **Les Dieux qu'on brise**. 1 vol. in-18. . . . . . 3 50

GOUDEAU (Émile). — **Fleurs de bitume**, petits poèmes parisiens. 1 vol. grand in-18 . . . . 3 50

GOUDEAU (Émile). — **Poèmes ironiques**. 1 vol. grand in-18. . . . . 3 50

GUIARD (Émile). — **A Chevreul**, stances dites par M. Albert Lambert, au théâtre national de l'Odéon, à l'occasion du centenaire de M. Chevreul. le 30 août 1886. . . . . 1 »

GUIARD (Émile). — **Livingstone**, poésie couronnée par l'Académie française. 1 vol. in-18. . . . . 1 »
Sur papier de Hollande, 3 fr.

HAREL (Paul). — **Gousses d'ail et Fleurs de serpolet**. 1 vol. in-18. 3 »

HERMANT (Abel). — **Les Mépris**. 1 vol. in-18. . . . . 3 »

NEBOUT (Pierre). — **Études et poèmes**, poésies. 1 vol. in-18. . . . 3 50

RAMEAU (Jean). — **La Chanson des Étoiles**, poésies. 1 vol. in-18. . 3 50

ROLLOT (Hippolyte). — **Les Chants de la vie**. poésies. 1 vol. in-18 . . 3 50

Paris. — Typ. G. Chamerot, 19, rue des Saints-Pères. — 26370

www.ingramcontent.com/pod-product-compliance
Lightning Source LLC
Chambersburg PA
CBHW051551280626
47162CB00022B/1684